시로 만나는 한국의 국보

비밀의 문

시 읽는 청소년

시로 만나는 한국의 국보

비밀의 문

펴낸날 2023년 9월 22일

지은이 양인숙
펴낸이 주계수 | **편집책임** 이슬기 | **꾸민이** 김태안

펴낸곳 고래책빵 | **출판등록** 제 2018-000141 호
주소 서울시 마포구 양화로 7길 47 상훈빌딩 2층
전화 02-6925-0370 | **팩스** 02-6925-0380
홈페이지 www.bobbook.co.kr | **이메일** bobbook@hanmail.net

ISBN 979-11-92726-55-7 (43810)

※ 이 책은 전라남도문화재단에서 지원받아 발간되었습니다.

시 읽는 청소년

시로 만나는 한국의 국보

비밀의 문

양인숙 시집

인왕제색도

천마도

숭례문

자격루

금강전도

금동대향로

해탈문

숭례문

훈민정음

세한도

첨성대

다보탑

분청사기

진흥왕 순수비

고려청자

석굴암

고래책빵

시인의 말

국보!
나라가 지정한 보물

문화가 없는 역사
역사가 없는 문화는
존재의 의미가 없다.

잊지 마!
시간과 역사를
온몸으로 지켜온 그 지혜
누가 뭐라 해도

분명한 원칙은
우리가 사는데 기준이 되지.
기준이 없어지는 때
혼돈의 세상이 올 거야.

국보가 있으므로
우리가 우리로 남을 수 있다는 것
기억해!

1부 그림 • 책 • 문화재에 숨은 정신

2부 온몸으로 지킨 시간

3부 탑, 그 위대한 기도

그림 · 책 · 문화재에 숨은 정신

1부

내 이름 숭례문*

1호라는 이름표 달고
역사를 등에 지고
촛불을 앞에 놓고
무슨 생각하는 줄 아니?

한 사람의 작은 불만은
무서운 불씨가 되어
국가의 보물도
나라도 불에 탈 수 있다는 것.
2008년 한 사람의 작은 불만이 불씨가 되어
600여 년의 역사를 태웠지만
다행이었지.

내 이름표 툭! 떨어지던 때

나의 모든 것이 떨어져 타버린 줄 알았지.

인의예지신(仁義禮智信) 다섯 가지 지표인 듯

변치 않는 원칙이 석축으로 남았어.

오늘도

양녕대군이 썼다는

숭례문이란 장한 이름 새기며

온몸으로 내 이름 지키려 노력한단다.

* **숭례문** 국보 1호 숭례문의 편액은 《지봉유설》에 따르면 양녕대군이 썼다고 알려져 있으나 다른 의견도 많다. 2006년 3월 3일, 숭례문이 도로에 의해 고립되어 버리는 것을 막고 시민들에게 문화재를 가까이하기 위하여 서울특별시에서 숭례문의 중앙통로를 일반인에게 개방하였다. 그러나 안타깝게도 2008년 2월 10일 오후 8시 40분 전후, 불평등한 사회에 불만을 가진 한 사람이 불을 질러 목조 건물 일부와 석축 기반을 남기고 2층 누각이 모두 소실되었다. 복원이 끝난 2013년 4월 29일 다행히 타지 않은 편액을 다시 걸 수 있게 되었다.

자! 날아볼까

자! 우리 멋지게 날아볼까?
1500여 년이나 대릉원 천마총에 갇혀서
답답했지?

장니 천마도*
너를 만나지 않았다면
백화수피가 무엇인지 몰랐을 거야.
하얀 눈이 많은 추운 곳에서 자라는 자작나무,
그 얇은 껍질을 여러 겹 붙여서 6mm의 두께를 만들고
거기에 그려진 하얀 말 한 마리
말을 타고 달릴 때 발에 흙 묻지 않게 하려고 붙인 말다래
불꽃을 날리며 나는 모습이 참 멋있지.
어떤 사람은 말이라 하고
누구는 기린이라고 하지만
아무렴 어때.
우리가 날 수 있다는 것이 중요하지.

지금은 비행기가 하늘을 무시로 나는 세상
세상에서 변하지 않은 것은 없고
변화되어 가는 것을 따라가야 한다는 것.

지금보다 더 넓은 미래를 위해
우리 힘차게 날아보는 거야.
자, 우리 함께 날아보자!

* **천마도** 국보 207호, 본래는 왕의 무덤이었는데 말다래인 천마도가 나옴으로써 무덤 명칭도 천마총이 되었다. 능이 아닌 총이라는 것이 의아하다.

숨은 이야기

고려의 청자와
맑고 청아한 백자 사이에서
솔직하고 자연스러운 멋

청자처럼 화려하지 않지만
백자처럼 매끄럽지 않지만
투박하고 거친 듯 매력 있는 그릇
상감운용문 항아리*

구름과 구름 사이를 나는 용,
팔딱이는 붕어, 작은 들꽃까지
찻잔에서 항아리까지
도공들의 자유로운 영혼이 스민 그릇
자연을 닮은 자유로운 도자기가 분청자기래.

그릇 하나가 중요한 이유는

그 그릇이 품고 있는

도공들의 예술혼과

역사 속의 지혜가 담겨 있기 때문이지.

4차원의 세계를 넘어

더 절제되는 자유를 갖게 될 우리들,

천년 뒤 우리는 어떤 모습으로 남을까?

* **항아리 분청사기** 국보 259호 분청사기 상감운용문 항아리에는 구름과 용이 마치 살아 움직이는 듯 그려져 있다.

정신이 남긴 그림

진경이란 무엇일까?
많이 궁금했다.
우린 주로 풍경화라 하는데
인왕제색도*를 보고는 진경산수화래?

아, 그 차이는 무엇일까?
자료를 찾아 보고 비교해 보다가
드디어 알게 되었어.
잘 봐, 인왕제색도 속의 바위색깔.

인왕산의 실재 바위는 하얀 바위야.
하얀 바위가 갖는 강력한 힘을 반사적으로 표출해내는 것,
그 하얀 바위를 더 강하게 강조하는 것은
하얀 바위를 검게 칠해서
위압과 중량감을 배가시키는 것
그림 한 장에 선비의 올곧은 정신까지 표현하는 것
부분과 전체가 어우러지며 그 시대 학자의 근본까지 담아

우리 것에 대한 자부심을 나타내주는 것.
인왕제색도가 진경산수화가 되는
그림의 가치야.

그림 속에 작가의 정신이 살아 있음을 안 독일 수도사는
두 번이나 한국을 방문하여
겸재 선생의 금강전도**와 인왕제색도를
독일로 가져갔지만
보고 보고 또 보고, 생각해도 이 그림은
한국에 있어야 한다며 반환을 했대.
진경산수화폭 속 겸재 선생의 그 정신을 한국에 선물한 것
이지!

* **인왕제색도** 국보 216호, 비 온 뒤 인왕산의 모습을 그림.

** **금강전도** 국보 217호, 금강산 일만이천 봉 사이사이에 점을 그려 넣음으로써 진짜 금강산보다 더 아름답다는 평을 들음.

밤에도 시간은 흐른다

너 아니?
시간이 흐른다는 말
시간을 알기 위해 해시계 만들었지만
해가 지고 없는 밤에도
구름 끼고 비 오는 날에도
시간은 흐른다는 것
그래서 만들어졌어.

항아리의 물을 지구의 자전 속도에 맞게 일정하게
두 개의 기둥에 흘러가게 하고
물이 흘러든 만큼 기둥에 부표가 떠오르고
떠오른 부표는 적혀 있는 눈금의 구슬을 건드리고,
시간에 맞게 설치된 12지신상에 맞는
종과 북, 징을 쳐서 시간을 알려 주었지.
그러니까 말을 건드렸으면
정오가 되는 것이야.

자격루* 덕분에 곤장 맞는 일은 없어졌겠지?
시간을 정확하게 알리지 못해
귀양살이까지 간 신하도 있었다나.

중국을 다녀온 장영실이 10여 년을 연구하여
만들어낸 물시계
지금도 그 원리는
우리 손목에 있는 전자시계보다
정확하다나.
그래, 뭔가 불편하면 그걸 해결하기 위해
함께 노력해 봐야 새로운 발명품이 나오지.

* **자격루** 국보 229호, 장영실이 만들어낸 물시계, 해시계의 부족한 점을 보충하기 위해 만들어짐.

잃어버린 나라

용이 기둥이 되어 받들고
지하계를 거쳐
인간계 삼산 오악
그 위에
완함, 금, 배소, 장적에 북까지
오른쪽으로 머리를 묶은 악사들이 켜는 악기
그 소리 들으며 봉황이 사뿐 하늘 세계 펼쳐주던
빛나던 그 사연을
온몸에 담고 있네.

아들을 구하려다 목 잘려 죽은 성왕
아버지를 기리려던 위덕왕의 아픈 효도,

다섯 줄기로 오르던 향에 실어 보낸 마음도
나라를 잃게 되면 진흙탕에 묻히느니

역사는 박제되는 것이 아니라

되풀이되는 것이라고

금동대향로*는 온몸으로 이야기한다.

* **백제금동대향로** 국보 287호, 1993년 능산리 일대 주차장을 만들기 위해 정비를 하다가 진흙탕에서 발굴되었다. 높이 61.8cm, 몸통 최대지름 19cm, 무게 11.85kg으로 규모 면에서 다른 박산향로와 비교할 수 없는 대작이다.

그때 그 목소리

팔공산 갓바위에서
야호! 외치면
야호호호! 비슬산이 메아리로 대답한다.
메아리 따라가면 삼국유사*
써내려가던 일연스님을 만날까?

어머니를 여의고 죽을 때까지
5년여,
역사를 바로 알리기 위해
마음을 돌에 새기듯 써 내려간 삼국유사!
우리에게 고조선이 있음을 알리고
한반도에 고구려 백제 신라, 가야가 있음을 알려준
일연스님을 만나면 그때의 금관가야 이야기
할아버지 목소리로 들을 수 있을까?

봄이면 참꽃으로 세상을 밝히고

가을이면 억새가 타는 거문고 소리 들리는

비암사 삼층석탑 앞에서

그때 그 시절

그 목소리 듣고 싶다.

* **삼국유사** 국보 제306호, 일연스님이 적은 역사서, 삼국유사가 없었으면 한반도의 역사가 없었을 것이라 함.

한 번의 실천

뭐라고?
한번 돌리면 오천이백만 자가 되는 그 길고 어려운 경전을
다 읽는 것과 같다고?
읽기는 어려워도 한번 읽으며
한 가지의 소원은 반드시 이루어 준다고?
거짓말? 별소릴 다 하네!
입 씰룩이며 아니라고 우겼다.

– 옛말 틀린 것 아니란다.
– 진짜? 그걸 어떻게 알아요.
– 많은 음식이 차려져 있다. 그걸 보고만 있으면 배가 부
  를까 안 부를까?
– 그거야 먹어야 배가 부르지요.
– 그렇지? 수만 가지 약이 있는데 아파도 먹지 않으면?
– 그거야 있으나 마나죠.
– 수만 권 책이 있다. 읽지 않으면,
  책을 지니고 있다고 책 속의 지혜가 내 것이 될까?
– 책은 읽어야지요. 읽고 생각해야지요.
– 그렇지! 그런데 말이다.

옛날에는 글자를 모르는 사람도 많았고
좋은 글을 읽을 시간도 없었지.
그런 사람들에게 어떻게 하면 힘과 용기를 줄까? 생각하다가
그런 생각을 해낸 것이란다.
– …….
– 아무리 음식이 많아도 한 숟갈 내 입에 떠넣어야
배가 부른 것처럼 한 번의 실천이란 그만큼 중요하단다.
그래서 윤장대*를 만들어 한 번만이라도 돌리게 하였지.
현재 남아 있는 윤장대 중 가장 오래되고 아름답게 만들
어진 것이
용문사 윤장대**란다.
자! 우리도 하루 30분 걷기로 약속한 것, 실천해야지?

– 넵, 할아버지 명심하겠습니다.
벌떡 일어나 풀 뽑으러 나가시는
할아버지 따라나섰다.

* **윤장대** 절에서 경전을 넣은 책장에 축을 달아 돌릴 수 있게 만든 것.

** **예천 용문사 윤장대** 국보 328호, 「용문사중수비(龍門寺重修碑)」에는 1173년(명종 3년)에 자엄대사(資嚴大師)가 대장전과 윤장대를 건립하였다고 하였지만, 사적기(事蹟記)에는 1670년(현종 11)에 고쳐 수리하였다고 하였으므로, 윤장대는 1670년쯤에 만들어졌을 것으로 추정된다.

초상화

고려 최초로 학교를 세워
나라의 힘을 기르게 했던 안향 선생은
세상 떠난 지 12년 만에
임금님이 직접 그 모습을 그리게 했대.

한때
백칠십여 년이나 늦게 태어난
조선의 5대 임금 문종의 이름 '향' 자와 같다고 해서
한때는 안유로 불리기도 했다나.

남의 나라 학문이었지만 부지런히 배워서
내 나라에 도움이 되게 하였던 선생은
우리나라 최초 학교, 소수서원을 세웠단다.

구륵법*이라는 그림 화법으로 그 모습을 그려
이목구비는 뚜렷하게 선으로 그리고
얼굴과 옷은 색칠을 했다는,
낮은 평정건을 쓰고 홍포를 입은
안향 선생님 초상화**

지금은 소수서원 영정각에서
주자 선생과 주세붕, 이덕형, 이원익, 허목 선생이랑
정답게 이야기를 나누고 있어.

무슨 이야기를 하고 있을까?
궁금하여 생각해 봤는데
지금 나라 걱정하고 있지 않을까?

* **구륵법** 윤곽선이라는 뜻을 내포하고 있기 때문에 견실한 형태 또는 밑그림을 견고하게 그린다는 의미로 활용된다. 하지만, 일반적으로 '구륵'이라는 용어는 설색화(設色畫)에서 사용되며, 주로 화조(花鳥)나 화훼(花卉)의 기법을 구분할 때 쓰인다.

** **안향 선생 초상** 국보 제111호, 비단 바탕에 채색. 세로 37cm, 가로 29cm. 소수서원 소장. 이 영정은 화면의 위쪽에 있는 안향의 아들인 우기가 쓴 제찬을 통해 제작배경을 알 수 있으며 영정각에 여섯 분의 영정을 같이 모시고 있다.

글자의 힘

훈민정음*이란
백성을 가르치는 바른 소리로
우주 만물의 생성 · 소장의 뜻을 품고
그늘과 햇빛이 움직이는 다섯 가지가
서로 돕고 어울리는 마음이 담겼대.
이해가 안 된다고?
'나'는 ㄴ과 ㅏ가 합쳐져서 나는 소리글자야
ㄴ이 혼자 있으면 무슨 말인지 모르잖아
어둠이 있어야 밝음이 더욱 빛나는 것처럼
모음 ㅏ가 있어야 비로소 '나'가 되는 거야

세종대왕과 신미대사, 집현전 학사들은
어떻게 이런 걸 알았을까?
지금 내가 모른다고 '그건 별것 아니야'
덮어버렸다면
지금 우리의 한글이 없을 것이고
한글이 없었다면 우린 우리로 살 수 없었을 것이야.

그뿐이 아니지

ㄱㄴㄷㄹㅁㅂㅅㅇㅈㅊㅋㅌㅍㅎ

ㅏㅑㅓㅕㅗㅛㅜㅠㅡㅣ

24글자로 우주에 존재하는 어떤 소리도 나타낼 수 있어.

자음과 모음의 어우러짐은 정말 대단해

한글에는 전 세계 어느 언어에도 없는

초성 중성 종성이 서로 도우며

마음과 소리를 담을 수 있어.

이제 알았어.

한글을 낭낭한 소리로 읽으면

마음까지 편안해지는 이유를.

우리가 앞으로 한글을 어떻게 가꿔가야 하는지!

* **훈민정음** 국보 제70호 조선 4대 임금 세종이 1443년 창제하고 1446년 반포한 한국 고유의 문자체계, 또는 그를 설명한 책. 음소문자이면서 음절문자의 성격을 동시에 갖는다. 창제 당시에는 28자였으며, 28자를 이용한 병서 · 연서 문자와, 성조를 표시하는 방점이 쓰였다. 오늘날은 여린히읗(ㆆ), 옛이응(ㆁ), 반치음(ㅿ), 아래아(ㆍ)는 사용되지 않는다.

소나무 한 그루

“날씨가 추워져야 소나무와 잣나무의 푸르름을 안다.”
세한도*에 새겨진 말.

소나무 한 그루, 잣나무 세 그루

구부러진 소나무는 추사선생 자신이고
곁에 있는 잣나무는 세한도를 중국에 알린
친구 이상적!
멀리 떨어진 두 그루의 잣나무는 누구일까?
몹시 궁금하였는데

알았다.
추사 김정희 선생의 단단한 정신의 뿌리를 이루게 한
옹방강과 완원 두 스승 아닐까?

멀리서 지켜보는 스승이 있어
가시로 울타리 친 유배지에서
외로움 이겨내며 그려졌을 세한도

글씨에 자신의 곧은 마음을 나타내고
친구의 고마움을 '오랫동안 잊지 말자'
네 글자로 품고 있는 그림 한 점에
역사의 숨겨진 비밀이 들어 있다니.

추운 계절 만나도 굽히지 않고
그 비밀 알고자 더 많이 보고 생각해야겠다.

* **세한도** 국보 180호, 추사 김정희(1786~1856)는 실학자로 청나라 고증학의 영향을 받아 금석학을 연구하였으며 뛰어난 예술가로 추사체를 만들었고 문인화의 대가였다. 이 작품은 김정희의 대표작으로 발문까지 길이는 14m에 달하고 폭은 23㎝의 크기이다.

홍예에 얽힌 비밀

아래 계단은 청운교, 위 계단은 백운교
푸른 구름 하얀 구름 아름답지?
다리 아래 둥근 아치형 홍예까지
그런데 말이야
어째서 계단에 '다리 교' 자를 썼을까?
혹시 너 아니?
그 아름다운 이름 속에는
천 년 전 장인들의 비밀이 숨어 있어.

청운교 백운교* 그 아래는 구품연지가 있었단다.
임금님이 연못을 건너서 자하문에 이르는
다리였던 것이야.
연꽃이 곱게 핀 연못에
대웅전과 다보탑 석가탑이 비치면
하늘 위에 있는 극락세계처럼 보였다니
아홉 단계 오르는 33개 계단 올라가 볼까?

계단 아래 홍예의 비밀도 풀렸지.
궁금증이 풀어낸 비밀
여행 왔던 초등학생의 질문에
선생님과 함께 풀어낸 비밀
돌이 서로 물리고 어깨를 걸어
땅을 흔드는 지진이 와도
청운교 백운교는 끄떡없단다.
아무래도 직접 가서 봐야겠다.

* **청운교 백운교** 국보 23호, 불국사에 있다. 석가모니의 불국 세계로 통하는 자하문으로 오르는 다리인데, 33계단은 33천을 상징하는 것으로 헛된 욕망을 버리고자 노력하는 사람들이 걸어 올라가는 다리라고 한다. 거의 45°로 경사가 져 있기 때문에 연화교 · 칠보교보다 남성적이며 웅장하고 장대한 느낌을 준다. 다리 아래쪽의 홍예는 U자를 거꾸로 놓은 듯한 모습인데 한국 돌다리 홍예의 시원 형태를 보여주는 것으로 옛날에는 구품연지로 흘러드는 물이 이 아래를 통과했다고 한다. 751년 불국사의 창건 때 세워져 1686년과 1715년에 중수되었고, 1973년 난간을 복구하여 오늘에 이르고 있다.

바위에 새긴 비밀

울주 천전리 각석*
바위의 높이 2.7미터, 너비 9.5미터
신석기 시대부터 신라 말까지 그려진 그림과 글씨
글씨가 새겨진 바위라 해서 서석(書石)이라 부르기도 한다.
덧새긴 마름모, 둥근 무늬, 나선무늬, 물결무늬 등
추상적인 문양들이 바위에 새겨있다.

그 아래에 날카로운 금속 도구로 그어 새긴
사부지갈문왕이 을사년(서기 525년) 천전리
계곡을 다녀갔다는 내용의 원명(原銘)
기미년(서기 539년) 사부지갈문왕의 부인
지몰시혜(지소 부인)가 어린 아들과
친정어머니인 법흥왕의 부인과 같이 와서
추명(追銘)이라 새겨서
돌부적을 만든 것이다.

그때도 왕의 자리를 두고는
서로의 줄다리기 다툼이 있었나 보다.
어린 아들 왕의 자리에 앉히려던 엄마의 마음
천 년 전의 비밀을
바위는 이 보란 듯,
영원한 비밀은 없다는 듯
보여주고 있다.

꼭 이루고 싶은 나의 희망도
새겨둘 돌 하나 찾아야겠다.

* **울주 천전리 각석** 국보 147호, 상고 시대부터 신라 말까지 기하학적 문양과 글씨가 새겨져 있다,

온몸으로 지킨 시간

2부

하늘 우물

365개의 돌로
12단의 높이로 쌓아
하늘에 기원했다?
우주를 관찰했을까?

아니야,
땅 위의 생명들
일 년 내내 목마르지 않게
비 달라고 빌었을 것 같아.
넘치면 안 되니 남쪽으로 물꼬를 터서
풍요로운 세상을 꿈꾸며

선덕여왕이 첨성대*만들 때는
하늘에서 물을 주지 않으면
백성의 목숨이 위태로우니
여기 이렇게 우물을 만들어 놓고
비를 내려 풍성하게 채워 달라고.

봐!

소원을 빌기 위해 쌓은 탑들은

뾰족하게 하늘을 찌를 듯 있지만

첨성대는 우물정자로 하늘을 받들고 있잖아.

* **첨성대** 국보 31호, 선덕여왕 때인 632~647년 사이에 세워졌을 것이라 한다. 천체 관측을 했을 것이라는 말이 있지만 더 높은 산에서 할 수도 있는데 평지에 세운 것으로 보아 왕권을 강화하기 위해서 만들었다고도 한다.

배꼽

나에게 배꼽이 있다는 것은
어머니와 연결되었던 흔적의 고리.

淳化 四年 癸巳 太廟 第一室 享器 匠 崔吉會 造
순화 사년 계사 태묘 제일실 향기 장 최길회 조

글자 사이 떼어 놓으니 이해가 되지?
청자 '순화 4년'명 항아리*에는 이렇게
18글자가 새겨져 있어.

온 세상을 다 준 어머니와 조상들에게
미숙하지만 청자를 만들어 제사를 모셨다는
'순화 4년'명 항아리!

이 항아리에는 과연 무엇을 담았을까?
어머니와 나를 연결해 주던
태를 담아 묻으며
혹 그 흔적 사라질까봐
내 배에 배꼽을 남겨 두었지.

*** 청자 '순화 4년'명 항아리** 국보 326호, 고려 태묘는 고려 성종 8년인 989년에 건설을 시작해서 성종 11년인 992년에 완공되었다고 나오는데, 그 위치는 개성 근처에 위치한 현재의 경기도 개풍군 영남면 용흥리였다. 하지만 이후 몽골의 침략이 있자, 고려 왕실이 수도를 강화도로 천도하면서 태묘도 같이 옮겨가 본래의 태묘는 폐허가 되었다. 이후 고려 원종 때 다시 개성으로 돌아오면서 폐허가 된 태묘를 재건하였다가, 고려가 멸망하면서 또다시 헐리는 등 부침을 반복하였다. (인터넷 검색).

빗살무늬 속의 수수께끼

모르고 하는 일,
아무도 말릴 수 없어.
집안으로 물들까 물꼬 내다가 삽 끝에 걸린 쇳덩이
엿 한 가락에 엿장수 손에 들어갔지.
쇳덩이에 새겨진 빗살무늬
이상타 여기고 전문가에게 보낸 엿장수
팔주령*과 청동 검, 빗살무늬 거울, 청동 도끼 등
청동거울에도 빗살무늬를 새겼던
청동기 사람들의 지혜가 살린 것이지.

청동기시대, 전남 화순엔 엄청난 힘을 가진
부족이 살았었나 봐.
팔주령과 청동거울은
나라의 대표인 제사장이 쓰는 물건이거든.
국보 143호**가 한곳에서 13점이나 나왔다는 것은
큰 힘을 가진 부족이 살았다는 증거래
그뿐 아니지. 지금은 도로가 갈라놓았지만
산비탈을 조금 올라가면 세계유네스코 문화유산인
화순고인돌 군이 나타나거든.

맞아, 우리나라에서 가장 큰 고인돌, 핑매바위가 있는 곳
대곡리 유물이 발견되기 전까지는
한반도에는 청동기 문화가 없다고 했다나.
3000년여를 이어져 온 우리 문화를
흙 속에서 녹지않고 있다가
그 시절 이야기 온 몸으로 알려주는
빗살무늬 청동거울.

그런데 말이야, 중요한 자료가 우리들의 실수로
사라져버릴지 모르니.
빗살무늬가 새겨져 있다거나
글자가 새겨진 돌이나 쇠붙이
함부로 하면 안 될 것 같아.
그 쇠붙이가 중요한 이유는 청동기시대의 문화를
수수께끼처럼 품고 있기 때문이지.

* **팔주령** 여덟 방향으로 갈라진 가지 끝에 방울이 달린 청동기 시대 유물

** **국보 143호** 팔주령, 화순 대곡리 한곳에서 발굴된 13점의 청동기 유물. 출토된 곳이 확실하여 문화유산의 가치가 매우 높다고 한다.

금동관*

한 뼘이라도 더 가까이
하늘의 뜻에 이르고 싶었던
백제의 사람들은

직접 새가 날아오르는 듯
동을 두드려 판을 만들고
동판에 금을 입혀 금동관을 만들었지.
봉황과 용을 새기고
날아오르는 듯, 새 모양 관을 만들어
힘을 자랑하곤 했어.

한성에서 가까운 천안에서
반도 끝 고흥까지
지역을 넘어 일본 땅 에다후나야마까지
고깔 모양의 금동관은
그 힘을 멀리멀리 펼쳐나갔을 것이다.

패배의 역사로 기록된 백제,

일곱 개의 금동관은 세상의 빛을 보았지만

지금도 흙 속 어딘가에서

그날의 영화를 품고

몸 틀고 있을 금동관을

찾아야 하지 않을까?

* **나주 신촌리 금동관** 국보 295호, 일본이 전남 나주시 반남면 고분군 신촌리 고분을 파헤쳐 발견한 금동관

따듯한 손길

하마터면 큰일 날 뻔했어
글씨가 새겨져 있지 않았다면
그냥 서 있는 바위인 줄 알았을 거야

김정희 김경연 조인영 선생님이
천 년 동안이나 바위가 비바람에 씻기면서도
꼭 붙들고 있던 예순여덟 글자!
글자 하나하나를
살핀 뒤에야 알게 되었네.
바위의 굳은 믿음으로 품고 있던 글자들이
신라 진흥왕의 순수비란 사실을 알려 주었지.

지금은 보존한다며 박물관에 있지만
북한산 산봉우리에
서 있을 때가 더 당당했을 것 같아
진흥왕 순수비*는

멀리 날아가는 새도 손짓해 보고
해가 뜨는 것도, 해가 지는 것도
나무들이 늘어선 모습을 보고
신라 진흥왕이 행차하시던 그 시절 같기도 하여
무척 그립겠다.

멀리 있는 손자 따뜻하게 안고 싶은
할아버지의 손길 같은
자연의 체온이
참 그리울 것이야.

* **북한산 신라 진흥왕 순수비** 국보 제3호, 이 비는 높이 1.54m, 너비 0.69m, 두께는 0.16m로 왕이 직접 국토를 돌아다니며 제사를 모시고 민정을 살핀 것을 기념하기 위해 세웠다.

고래가 무서워

포뢰*는 용왕의 아들 중 셋째 아들
고래만 봐도 무서워 으앙앙~~~
아버지가 포뢰 보고 그만 울라 하여도 으앙앙~~~
용왕은 신하들 보기 민망했겠다.
천둥소리로 크게 세상을 울리라 이름도 포뢰라 지었건만
고래만 봐도 무섭다고 울어대는 울보 아들 보면서
많이 속상했겠다.

하지만
사람들은 어떻게 알았을까?
포뢰의 큰 울음소리 더 넓게 울려 나가라고
커다란 종 만들고
그 무거운 종 포뢰의 목에 매달아,
종 치는 공이에 고래를 새겨서 당겼다 놓으면,
고래가 저 잡아먹으려 달려드는 줄 알고
– 으앙앙앙앙~~~~
고래고래 소리를 친다.
바람이 산 넘어갈 때까지
– 으앙앙앙앙~~~~

포뢰가 고래고래 우는 소리

– 으앙앙앙앙~~~~

지금도 천흥사 동종** 칠 때마다

포뢰가 무서워 고래고래 내는 소리

– 으앙앙앙앙~~~~

성거산이 메아리로 대답하며

– 으앙앙앙앙~~~~

포뢰의 울음소리 산 너머너머 동글동글 날아간다.

* **포뢰** 용왕의 셋째 아들로 고래를 무서워하여 고래를 보기만 하면 울부짖는데, 그 소리가 무척 크고 웅장해서 사람들이 종이나 북 위에 포뢰를 새겼다고 한다.

** **성거산 천흥사명 동종** 국보 280호, 사각형의 유곽과 연꽃, 원형 당좌, 비천상이 새겨져 있고, 고려 현종 1년인 1010년에 만들어진 동종으로 지금까지 보존된 가장 오래되고 큰 종이다.

바람 먹는 입

나를 언제라도 조심해야 돼.
지금은 전기선 하나면 해결되지만
전기가 없던 고려 시대엔
화로에 나를 담아서 사용했단다.
나를 가지고 일석이조의 효과를 누린 것이지.
추울 때는 방을 따듯하게 하고
물을 끓여 가습도 했으며 찻물을 끓이기도 했지.

그러나 내 안의 불씨는 살아 움직일 수 있어.
그뿐 아니야, 뭐든 태워서 소멸시킬 수도 있지.
그래서 사람들은 귀면청동로*를 만들고
쉽게 다가가지 못하게 했겠지?

아, 또 있어
청동로에 사자개를 새겨서
악귀와 재앙을 물리치려고 했대.

내가 함부로 돌아다니지 못하게 화로에 새겨 놓았겠지.
하하, 불을 막아준다는 사자개 새긴다고
내가 못 돌아다닐까?

난 아이와 같아.
전쟁 중에도 웃고 장난치는 아이처럼
웃음은 맑고 예쁘지만
잠깐만 한눈팔면
세상을 삼킬 수 있다는 나의 양면성

잊지 마!

* **귀면청동로** 국보 145호, 지름 13.9cm, 높이 12.9cm로 작은 편이지만 전기가 없던 시절 방안에서 찻물을 끓이거나 방안의 온도를 높이기 위해, 또는 한약을 달이는 데 사용했을 것으로 추정된다. 명칭에 대한 이견도 있는데 귀면(鬼面)이 아닌 신수(神獸)로 하는 것도 청동로의 이름값을 하는 데 도움이 되겠다. 남궁련 님이 소장하고 있다가 국립중앙박물관에 기증하였다.

십 원의 가치

10원짜리 동전의 뒷면에서
세상을 돌아다니며
친구를 찾고 있는 다보탑*

어디로 간지 모르는 친구 소식 기다리며
오늘도 다보탑의 사자는
중앙에 홀로 앉아 기다린다.

친구야,
나라가 어지러워 보쌈당하듯 사라진 친구야.
세상에서 10원의 가치가 사라진다 해도
내 다보탑에서 이렇게 기다리고 있을 터이니

우리 여기서 모여보자
이 다보탑에 예전처럼 넷이 함께
우리의 우정을 다져보지 않을래?

처음 생겨날 때처럼 모여

해맑은 세상 만들어 보자.

* **다보탑** 국보 20호, 경주 불국사 대웅전 앞에 있는 탑으로 다보여래를 닮은 탑이 솟아났다고 한다. 그래서 세상 어디에도 없는 유일한 탑으로 그 층을 알 수 없는 이형의 형태라고 한다.

비밀에 싸인 가야

김수로왕이 활동하던 시대에
철은 청동기시대를 이끌어낸 에너지
돌의 시대를 지나 철의 시대를 만들었어.

철의 기술을 갖는다는 것은 나라의 큰 힘이었지.
돌칼과 철칼의 기능은 비교가 안 되었으니
아마 그 당시에는 신무기였지 않았을까?

싸우는 걸 싫어하는 나는
철갑옷이며 청동검은 반갑지는 않아,
철제 농기구는
농사짓는 데 얼마나 유용했겠어.

그런데 말이지
기마인물형뿔잔*은 녹슬지 않는 도기로 만들었어.
창과 방패를 든 병사가 가야 그 비밀을 풀어주고 있어.
어쩌면 김수로왕이 마시던 술잔이지 않았을까?

* **기마인물형뿔잔** 국보 275호, 철기시대를 연 가야의 유일한 국보이지만 철갑옷을 표현한 도기로 제작되어 있다.

돌에도 꽃이 핀다?

– 봄비에는 바위도 꽃이 핀다.
할머니 말씀에

– 에이, 그건 너무 심해요.
바위가 어떻게 꽃을 피워요.

했는데

봄비가 차분하게 내리고
반짝 나온 햇살 받은 돌계단에
그건 맞는 말이라는 듯

통도사 금강계단*에
하이얀 매화꽃 피었다.
포롬한 돌꽃도 피었다.

덩달아 뜰 안 홍매도 활짝 피었다.

* **통도사 금강계단** 국보 제290호, 대웅전과 금강계단은 신라 선덕여왕 15년(646년)에 자장 율사에 의하여 지어졌으며 지금의 금강계단은 창건 이후 여러 차례 중수되어 창건 당시의 정확한 구조를 알 수 없다.

어머니

흙
물
불
이 세 가지가 이루어낸 조화
바람이 살살
생각을 건드려 주었다.

흙과 물이 어우러져 모양이 되고
불에 달구어지며 단단해졌기에
태풍 속에서도
흔들림이 없다.

어머니의 몸으로 들어간 물이
어린 아들 머리를 통해 나오는
청자 모자원숭이모양 연적*처럼
어머니의 지혜는 물처럼 아들에게 전해지니

어머니가 정성으로 키우는
사랑과 지혜는
이 세상이 천만번 바뀌어도 변함이 없다.

시간 속에 세월이 머문다 해도
흐르는 물처럼
어머니 마음을 통해 아들의 지혜가 된다.

* **청자 모자원숭이모양 연적** 국보 270호, 어머니의 머리로 물이 들어가서 아이의 머리로 물을 따라 썼다. 연적이란 벼루에 먹을 갈 때 쓰는, 물을 담아 두는 그릇

비밀의 문

나는 오늘 문을 몇 번이나 드나들었을까?
언젠가 세어본 적이 있다.
눈을 뜨고 방문을 나서 화장실, 현관문, 대문
등을 세어보니
하루에 셀 수 없이 많은 문을 드나들었다.

문에도 국보가 있다?
우리나라에 문이 국보가 된 3곳
국보 1호인 남대문
영암 도갑사 해탈문*
강릉 임영관 삼문**

그 문 드나들던 사람들은 누구였을까?
문턱에 새겨진 발자국은 얼마나 될까?
어떤 마음으로 드나들었을까?
담 사라지고 없는,
굳게 닫힌 임영관 삼문 앞에서
우두망찰 바라볼수 밖에 없다.

누구나 드나들던 비밀의 문
꽃, 문 열듯 시원스레 열고 싶다.

* **도갑사 해탈문** 국보 50호, 도갑사에서 가장 유명한 문이다.

** **임영관 삼문** 국보 51호, 단층 박공지붕의 주심포(柱心包) 양식으로, 고려 태조 19년(936)에 건립되었던 건물, 앞면 3칸 옆면 2칸으로 12개의 배흘림기둥으로 이루어졌으며 고려 시대 세워진 문이다. 고려 공민왕이 쓴 친필 임영관이란 현판이 달려있다.

소리 속의 아이

삼국유사에는
쇠 12만 근, 실제 무게는 18.9톤
높이 3.36m, 구경 2.2m, 두께 7.5~21.5㎝
비천상이 손을 모으고
포뢰가 18.9톤의
종을 들고 있는 에밀레종
자꾸 깨지는 종 때문에
아이가 들어갔다는 전설이 있지만 그건 전설일 뿐이란다.
자식을 내놓아야 할 만큼
백성들의 삶이 힘들었을 것이란 말일뿐
쇳물에 이물질이 들어가면
종이 만들어지지 않는단다.

아버지 성덕대왕의 공덕을 기리고자
아들인 경덕왕이 만들었다는
그 효심 소리로 울려 나와
귀로 듣는 것보다는

가슴을 울리는 소리라니
세월이 가도, 백성들이 힘들었어도
지금까지 남아 전하는 것은
경덕왕의 효심.

성덕대왕 신종* 소리보다
내 목소리 더 좋다는 우리 할머니
찾아뵙진 못해도 전화라도 해야지.

* **성덕대왕 신종** 국보 제29호, 에밀레종이라고도 한다. 경덕왕이 아버지인 성덕왕의 공덕을 널리 알리기 위해 종을 만들고자 하였으나 완성은 혜공왕 때인 771년에 이루어졌다. 이 종은 봉덕사(奉德寺)에 달았으나 수해로 폐사된 뒤 영묘사(靈廟寺)에 옮겼다가 지금은 국립경주박물관에 있다.

고려청자

구름을 잡아두고 싶어
구름을 그리고
바람을 잡아두고 싶어
바람을 그리고

구름과 학을 새겨 운학문이 되고
연꽃을 새겨 연화문이 되고
꽃과 새를 새겨 화조도가 된다.

쓰임에 따라 연적이 되고
화병이 되고 물병이 되고
모양에 따라
매병, 정병, 만병이 되고 사발도 되지만

고려청자* 앞에선
수천 년 전 그 아이와
수천 년 뒤의 내가

마주 보며 웃는다.

* **고려청자** 수십 점이 국보로 지정되어 있다. 연화향로부터 벼루 물을 담던 연적, 주둥이가 긴 수병 등 그 종류가 다양하다.

3부

둥불

어머니는 아들의 들판이지
맘껏 뜻을 펼 수 있는

그래서
네 마리의 사자로
사방을 지키게 하고
삼층탑 만들어
한가운데 신 모시듯 어머니를 모셨지.

아들은 어머니의 등불이지
깜깜한 어둠도 헤쳐나갈 수 있는,

행여
서로에게 힘이 되는 그 고마움 잊을까
네 사자 삼층탑* 앞에 석등 세우고
무릎 꿇고 앉아
공경했을 거야.

오늘 아침도 연기조사는

석등에 데운 차 한 잔 손에 들고

‘어머니 따듯한 차 드세요’

올리는 찻잔에 어리는 아들 마음

따듯한 차 마시며

‘음 포근하구나! 추운데 같이 마시자’

차 한잔으로 전하는

어머니와 아들은

서로의 등불이다.

* **사사자삼층석탑** 국보 35호, 화엄사에 있는 삼층탑, 연기조사가 어머니의 명복을 빌기 위해 이 탑을 세우고 그 앞에 석등을 세워 차를 올리는 형상으로 만들어졌다고 한다.

생각

누구의
생각이었을까?

막 떠오르는 해의 기운을
부처님 이마에
모아들게 한 것은

날마다 동쪽 바다에
힘차게 떠오른 햇빛을
이마에 모아
어둠을 밝히고자 했던

천년을 지나도
늘 새로운 생각,
누군가의 마음 밝혀 줄 수 있는
힘!

나도 갖게 해 달라고
석굴암* 부처님 앞에
두 손 모은다.

* **석굴암** 국보 제24호, 1995년에 유네스코 세계 문화유산에 등록. 경주시 토함산 중턱에 동해를 바라보는 곳에 있으며, 신라 경덕왕 때 재상이었던 김대성이 751년에 창건하였다고 전한다. 가난한 집에서 태어나 품팔이를 하다 죽은 대성이 대상(大相) 김문량의 아들로 환생하여 전생의 부모를 위해서 석굴암을 짓고, 현생의 부모를 위해서는 불국사를 지었다고 한다.

처음부터

처음 탑을 세울 땐 나무로 짜 올렸지
나무는 높이 쌓아 올리기 쉬웠을 거다
가벼워서.

그러나 나무란 한 가지 걱정이 있어,
살았을 때는 비바람 이겨내며 나이테 만들지만
뿌리 잘리면 생명을 잃게 되고
불에 닿으면 쉽게 한 줌의 재가 되고 말지.

수백 년 동안 불에 타는 목탑을 보며 생각했을 거야
비바람에도, 큰불에도 무너지지 않으며
천년이 가도 버텨낼 수 있는 것이 무엇일까?

익산 미륵사지*도 처음엔 목탑이었는데
불에 타고 말았겠지.
7세기경 불에도 끄떡없는 석탑을 쌓을 목표를 세우고
돌을 나무처럼 다듬어 탑을 세웠지.

지금은 비록 그 층마저 알 수 없지만
상처 난 몸으로 천년을 버티며
바위 같은 굳은 마음,
무관심하면 무너지는 것이라고 보여주고 있어.

*** 익산 미륵사지 석탑** 국보 11호, 목탑에서 진화한 최초의 석탑. 백제 최대 사찰이었던 미륵사지의 3원(三院) 가운데 서원의 금당 앞에 있는 탑으로 오랜 세월 동안 무너져 거의 절반 정도만 남았다. 현재 남아있는 국내 최대의 석탑이며 동시에 가장 오래된 석탑이기도 하다. 양식상 목탑에서 석탑으로 이행하는 과정을 충실히 보여주는 한국 석탑의 시원(始原)으로 평가받는 기념비적인 석탑이다. 특히 석탑 내부 심초석에서 발견된 사리장엄구를 통해 백제 시대의 사리봉안 방식이나 탑 건립에 따른 의식, 발원자와 발원 동기 등을 파악할 수 있다는 점에서 그 가치와 의의는 매우 크다.

중심점

676년 신라가 삼국을 통일하고
나라의 크기가 궁금했겠지.
거리를 재는 기계가 없는 원성왕* 때
영토의 경계는 있는데
중심점을 몰랐어.
보폭이 같은 두 사람을 뽑아
남쪽 끝과 북쪽 끝에서 동시에 출발
두 사람이 만난 지점에 세웠다는
충주 탑평리 칠층석탑**

누구는 고구려의 탑이었다. 우기고
언젠가는 백제의 탑이었다?
누구는 신라의 탑이었다. 주장하지만
탑은 지금도 말없이
중심을 잡고 자리를 지키고 있다.

마음의 중심을 잃게 되면
소용돌이에 휘말려
흔적도 없이 사라지게 된다고
말하고 싶겠다.
충주 탑평리 칠층석탑은.

* **원성왕** 신라 38대 왕

** **충주 탑평리 칠층석탑** 국보 6호, 신라 영토의 중심점을 정하기 위해 도보로 재서 두 사람이 만나는 지점에 세웠다는 탑.

용서

세조임금님,
앞서는 욕심에
조카의 자리를 빼앗더니,

나중에야 후회하며
단종*과 사육신의 원혼을 달래려
원각사지 십층석탑**을 세웠다지.

태어나는 모든 생명은
자신의 자리가 있고
꽃 피울 때가 있는데
순간의 욕심이
그 많은 생명을 빼앗은 잘못,
용서될까?

뒤늦게 후회하며 말씀하셨다지?
"오늘의 역적이 후대에 충신이 될 것이다"
원각사 십층석탑 세우며 서쪽 5층 가운데 비워두고
자신의 잘못이 '용서'된다면 부처님 새겨질 거라고?

아직 멀었나 보다.
천년이 지나도 빈자리 그대로인 것을 보면

용서!
참 어려운 일인가보다.

* **단종** 조선 6대 임금, 12살 어린 나이에 왕위에 올랐으나 삼촌인 세조에 의해 자신은 궁에서 쫓겨나며 노산군으로 칭해져 죄인의 신분이 된다. 왕비였던 부인은 노비를 삼았다.

** **원각사지 십층석탑** 국보 2호, 세조는 조카인 단종을 임금 자리에서 끌어내리고 노산군으로 강등. 동생인 금성대군이 복위를 하려고 했다 하여 서인으로 다시 강등, 영월 청령포에 가두고, 끝내 사약을 내려 죽음에 이르게 한다. 이때 수많은 사람이 목숨을 잃었다. 세조는 임금이 되고 나서 원각사지 십층석탑을 세워 극락왕생을 빌었다고 한다. 그러니까 이 탑은 단종과 그때 죽은 원혼들을 달래는 위령탑인 셈이다. 지금도 탑 면면에 부처님과 보살들이 새겨져 있지만 서쪽 방향 5층에는 부처님이 새겨있지 않고 밋밋하게 빈 상태로 있다.

거기서 뭐 해요?

새 날아다니는 것 보고 있어?
산 너머에 피는 꽃이 궁금해?

저 새처럼 훨훨 날고 싶지
향기로운 꽃도 피우고 싶지?
구름도 한 자락 잡아타고 싶지?

네모난 교실에서
네모난 창문을 통해
새처럼 가볍게 날고 싶고,
꽃처럼 활짝 웃고 싶고,
구름도 한 자락 잡아타고,
산 너머도 가 보고 싶고,

살아보니 잘 안 되더라

그런데

허리 굽은 할머니 손잡고

실상사 백장암 삼층석탑*에 새겨진

돌부처님 웃음을 보고 알았어.

할머니 걸음처럼

한 발, 한 발,

하루, 하루,

탑을 쌓아 올리듯

나를 쌓아 가다보면

마음먹은대로 새처럼 가볍게

꽃처럼 곱게 웃지 않을까?

* **백장암 삼층석탑** 국보 10호, 2층과 3층은 아래쪽에 난간을 장식하고 그 위로 목조 건축의 두공형을 모각하였는데, 2층에는 각 면에 2구씩 음악을 연주하는 천인상(天人像)을 새겼고, 3층에는 각 면 1구씩의 천인좌상(天人坐像)을 양각하였다. 상륜부는 파손된 부분도 있으나 네모진 노반석 위에 복발, 보륜, 보개, 수연 등 부재가 찰주기둥에 꼽혀있는 형태를 취하고 있다. 일반적인 형식에 구애받지 않고서 풍부한 예술성과 독창적 상상력을 담아 만든 석탑이다.

탑 앞에서

천년을 입 다물고

서 있는 탑 곁에

궁금하여 고개 내민

민들레 꽃 한 송이

남북으로 서 있는 삼층탑과 석등[*] 앞에서

합장하고 고개 숙인 우리 할머니

중얼중얼

무슨 말씀하시나

들어봤더니

'우리 새끼
이쁜 새끼 대추씨 같은 내 새끼
어짜튼지 건강하고 말 잘 듣게 해 주소'

나도 할머니 곁에 서서
할머니 따라 합장하고 중얼중얼.

'할머니
이쁜 할머니, 허리 굽은 할머니
어짜튼지 건강하고 일 그만하게 해 주소'

* **남북 삼층석탑과 석등** 국보 제44호, 현재 보림사 앞뜰의 원위치에 구조와 규모가 같은 2기의 삼층석탑이 서 있고 그사이에 석등이 1기 남아 있다. 보림사는 헌안왕의 명으로 보조국사(普照國師) 체징(體澄 804-880)이 헌안왕 4년(860)에 창건한 사찰이다.

생명의 물

물 많이 먹이야 한다.
좋은 물 많이 마셔야 한다.
코로나19로 힘든 기관지
초미세먼지 몸속에 들어와
내 몸 힘들게하거든
좋은 물 먹어 혈관을 씻어내야 한다.
천백 년 전에도 좋은 물은
우리의 목숨을 이어가게 하였지.

중국 땅에서 공부하고 돌아온 철감선사는
물 찾아 전국을 떠돌다가
화순 땅 사자산 찾아와 좋은 물 구하셨데.
시냇물 먹던 부자에게
더 좋은 터 찾아주고
물 없던 땅을 구해 큰 절 세우셨대.

사자 혀 밑 침샘에 방울방울 고인 물로

차나무도 키우고

마음도 키우며

세월이 흘러도 물은 우리를 키우는 것이라는 듯

지금도 화순 이양 쌍봉사*에

철감국사, 부도**로 자리하셨대.

* **쌍봉사** 전남 화순군 이양면에 있는 사찰.

** **철감국사 부도** 국보 제57호, 화순군 이양면 증리 쌍봉사 경내에 있으며 8각 원당형(圓堂型)의 기본형을 잘 나타낸 신라 최고의 우수한 부도(浮屠)로 각부(各部)의 조각이 가장 화려하고 우수한 작품으로 상하 각부가 조화롭다.

사자를 닮아서

딸이 왕이 되면 왜 안 돼?
아들이 없던 왕실에 공주로 태어난 덕만은
신라 최초의 여왕이 되었다.

진평왕보다 우리 아버지 더 멋쟁이였나 보다
– 여자라고 무슨 일을 하고 살 줄 알겠느냐?
무슨 일이든 알고 분별하여 선택하는 것이
지혜로운 사람이다.

늘 이르던 아버지의 말씀
분황사 모전석탑* 앞에서 생각나는 것은
아버지가 그리워서가 아니라
네 모서리 지키는 사자가
아버지를 닮아서다.

* **분황사 모전석탑** 국보 제30호, 최초의 여왕인 선덕여왕 때 만든 석탑. 지금까지 남아 있는 신라 석탑 가운데 가장 오래된 것으로 높이 9.3미터, 처음엔 9층이었으나 지금은 3층만 남아 있다.

돌을 다듬어 벽돌을 만들고

단정하게 쌓아 올려 탑을 쌓듯이

잘못한 행동은 사자같이 호통쳐서 고치게 하고

행여 모난 곳에 다칠세라,

마음으로 살피던

아버지!

그 마음에 코끝이 찡해서다.

웃음소리 그립다

홍경사 갈기비는
지금은 홀로 우뚝 외롭게 남았다.

충청도, 전라도, 경상도에서 모여드는 곳이기에
사람이 많고
사람이 많으니 도적도 많아
나라에서 백성의 안전을 위해
왕명으로 세웠다는 봉선 홍경사
삼남을 오가는 사람들이 머물 수 있게
200여 칸이 넘는 큰 절을 세우고
그 앞에 이름표처럼 갈기비를 세웠다.

해동공자 최충이 비문을 짓고
그때 최고의 서예가인 백현례 선생이 썼다는 비문에는
아버지께 효를 행하던 고려 현종 임금님도 있었다.
지금은 집도 사라지고 오가던 사람들도 사라졌지만
외딴섬 등대처럼 서 있는
홍경사 갈기비*는
사람들 마음 다독이던 그 시절이 그립다.
오가던 사람들의 웃음소리가 그립다.

* **홍경사 갈기비** 국보 7호, 삼남지방에서 오는 사람들이 반드시 거쳐야 하는 천안, 교통의 요충지답게 사람이 많으니 도적이 많아 이를 막고자 고려 현종이 아버지의 명을 받아 세운 절임을 기록한 비석이다. 충남 천안시 서북구 성환읍 대흥리 319-8에 지금은 비만 우뚝 서 있다. 전체 높이 2.8m, 비신 높이 1.94m, 너비 1m의 화강석 석비다.

이름이 지어질 때

우리 하나씩 가지고 있다
이름!

그릇도 그렇다.
이름이 있다.
청자란 푸른 빛이 나는 그릇이라는 뜻
움푹 들어가게 새겨졌다고 음각
도드라지게 새겼다고 양각
뚫어지게 만들었다고 투각
연꽃과 넝쿨무늬 새겨져 연화당초문
어깨는 넓으며 허리는 잘록한 매병,
참외모양 주전자,
뚫려 있는 향로라고 청자 투각칠보문뚜껑향로*

내 이름은 어떨까?
나를 부르는 이름은 하나가 아니다.

부모님은 못난이라 하고
학교에서는 학생
할아버지는 어려서나 자라서나
나의 씩씩한 공주님

이 중에 젤 맘에 드는 이름
할아버지가 부르는 우리 씩씩한 공주님!
그래서 난 씩씩하고 지혜롭게 살 것이다.

* **청자 투각칠보문뚜껑 향로** 국보 95호, 연화당초문매병(97호), 참외 모양 주전자(94호)도 다 국보로 지정되어 있다.

마음의 불 밝히고

백지장도 맞들어야 한다
가슴을 맞대고 생각을 모아야
등불을 켤 수 있지.

마음 대로 두면
반짝이는 생각 나올 수 없다고
뒷발로 버티고
두 사자 가슴 맞대 앞발 높이 들어
불을 밝혔지.
마음 모아 등불 켜듯 기도하라고.

신라 시대부터 지금까지

마음 흔들릴 때마다

함께 가슴을 맞대고 입을 굳게 하여

힘을 모으라고

법주사에 있는 쌍사자 석등* 소리 없이 외치고 있다.

*법주사 쌍사자 석등: 국보 제5호. 높이 3.3m. 지표에 놓인 넓은 팔각 지대석(地臺石)은 아래위에 테를 돌리고 우주형(隅柱形)을 표시하였으나 각 면에 조식(彫飾)은 없고 상면에는 각형(角形)과 반원형 2단의 뚜렷한 굄이 표현되었다. 하대석(下臺石)은 8각으로 꽃잎 속에 화형(花形)이 장식된 단판복련(單瓣覆蓮) 8엽이 조각되었다. 8각 기둥을 대신한 쌍사자(雙獅子)는 뒷발을 하대석에 버티어 가슴을 대고 마주 서서 앞발로 상대석(上臺石)을 받쳤으며, 머리는 들어서 위를 향하였는데 머리에는 갈기가 있고 다리와 몸에는 근육까지 표현되었다.

부끄러운 일

자신에게 맞는 자리를 찾아
올라가는 일은 참 어렵다.
그러나 내려오는 일은 더 어렵다.
사람만의 일이 아니다.

한때 국가의 보물이었지만
대우받던 자리를 내려와야 하는 유물
물론 사람들의 잘못된 판단이었지만,

168호
몇 번의 이름이 바뀌며 국보 자리를 유지하였다.
한곳에서는 조선 시대 작품이라 하고
다른 곳에서는 원나라 작품이라 하여
이중국적이 되어 버린 것이다.
46년 동안이나 국보자리 지키던
'백자 동화매국문 병' 그렇게 자리에서 물러나게 되었다.
이중국적? 사람에게만 적용되는 것이 아니었다.

274호

'별황자총통'

표면엔 '만력 병신년(1596년 · 선조 29년) 6월 0일 제작

'귀함의 황자총통은 적선을 놀라게 하고,

한 발을 쏘면 반드시 적선을 수장시킨다'

라는 한문 문구가 새겨져 있어

이순신 장군이 만들었던 거북선과 연결,

가치를 인정하여 국보로 지정되었지만

그 결말은 참담했다.

거짓을 꾸민 사람은 잡혀가고 총통은 지위를 박탈당하였다.

278호

'마천목 좌명공신녹권'도

국보 자리 빼앗겼다.

'공신 대우'와 '정공신'의 차이

진짜 공신이 나타났기에 일어난 일이라니.

이게 다 사람들에 의해 일어난 일이지만
또 사람에 의해 바로 잡아갈 수 있는 일이다.

역사는 언제라도 바로 잡아가야 한다.
눈앞에 보이는 것만이 진실은 아니라는 것이다.
진실이 아니면 언제라도
부끄럽게 되는 일이다.

국보 영구 결번이 우리에게 주는 교훈이다.

국보는 한 송이 꽃이다

에필로그

국보는 한 송이 꽃이다

1.

대한민국에 국보가 처음 지정된 것은 1962년부터였다.
1962년 남대문을 1호로 시작하여 청자 상감모란문 표주박 모양 주전자까지 116건을 지정하였다. 이후 1963년 1건, 1964년 4건 등 해마다 심사를 통해 유물을 지정해 왔다.
국보로 지정된다는 것은 그 자체만으로 가치를 지니게 된다.
현재 지정된 국보는 337건이다. 하나하나 들여다보며 역사를 알게 된다.
마치 타임머신을 타고 과거로 여행하는 기분이다.

2.

경주 여행을 갔다가 첨성대를 보았다.
천 년이라는 긴 역사와 사연을 담고 자리 지키고 있는 첨성대를 보며 많은 생각을 하였다. 그 시절 선덕여왕은 무슨 생각으로 첨성대를 만들었을까? 불국사에는 7건의 국보가 있다. 국보 전시장 같다.
분황사 모전석탑 앞을 지키고 있는 사자를 본 순간 아버지가 생각난 것은 무슨 연유일까? 글로 표현하기 어려운 느낌이었다.
그렇게 국보에는 시기를 알 수 없는 143호 화순 대곡리 청동거울과 팔주령부터 삼한시대, 삼국시대, 고려시대, 조선시대 백자까지 시대를 이어오고 있다.
현재 지정되어 있는 유물 중에는 불교 유적이 유난히 많다. 그럴만한 이유가 있다. 돌은 불에 타지 않는다. 건물은 사라졌지만 탑이 많이 남아 있는 이유이기도 하다. 지금 남아 전하는 유물 중에는 종이로 된 것도 있다. 이 유물들은 항아리에 담겨 흙 속에 묻히거나 탑 속에 들어 있어서 살아남은 유물이다.
'백제금동대향로'도 우리가 알고 있던 것과는 다른 내용이었으며 당시에는 진흙에 범벅이 된 채로 발견되었다.
2021년 11월 19일 이전에는 국보로 지정된 유물에 번호를 붙여 336번까지 지정이 되었지만 3건은 조작되었거나 우리 작품이 아니라고 해서 영구결번이 되었고 이후 4건이 지정되었지만 이때부터는 번호를 붙이지 않았다. 번호를 순위로 인식해서 그렇단다.
경쟁사회에서 1등이니 꼴등이니 하는 것으로 판단하기에 그렇게 하였다는 것이다.

번호가 붙여진 순서는 단순히 지정된 날짜 차례로 정해진 것인데 앞의 번호가 가치서열이라니, 안타깝다.

3.
프랑스의 작가 생텍쥐페리가 쓴 [어린 왕자]를 보면 "중요한 것은 눈에 보이지 않아. 마음의 눈으로 보아야 볼 수 있어."라는 말이 나온다.
국보는 나무가 땅속이라는 어둠 속에 얼기설기 뿌리를 내리고 꽃을 피워 올리듯, 눈으로 볼 수 없는 과거에서 피워올린 아름다운 꽃이다. 우리 눈에 보여주는 아름다운 문화의 꽃.
과거가 없는 오늘이 없고 오늘이 없는 내일이 없다.
과거를 바탕으로 현재를 살며, 지금 우리 눈앞에 당당하게 서 있는 국보를 보며, [비밀의 문]을 통해 내일을 열어가는 지혜를 배웠으면 하는 바람이다.
국보는 역사가 남긴 한송이 꽃이다.

2023년 9월

동그라미 양인숙